MANESSE  BÜCHEREI

12

Klabund

STÖRTEBECKER

Roman

Manesse Verlag

Zürich

Marlen blähte der Wind den blauweiß karierten Rock auf.

Sie stand in einer Tornische der Nikolaikirche, dickbäckig und dickbäuchig, die grellroten Hände stemmte sie in die Seite und schrie:

Zwetschgen! Zwetschgen!

Ein Echo von den Häusern her höhnte:

Zwetschgen! Zwetschgen!

Der Wind fegte eine Staubwolke über den Nikolaimarkt. Erst schlich sie über den Boden wie eine Blindschleiche. Dann wuchsen ihr Flügel. Sie rauschte auf und schlug wie der Vogel Phönix mit riesigen Flügelschlägen gegen die bemalten Fenster der Nikolaikirche, daß sie in den rostigen Angeln knarrten und der rote Sankt Sebastian und der grüne Sankt Makarius ihre Farbe verloren und braun bestäubt wie schmutzige Bettelmönche oder Lebkuchenmänner im gläsernen Oval standen.

Der Himmel blinkte schwefelgelb wie ein Katzenauge bei Nacht.

Der erste Blitz zuckte seine silberne Geißel und peitschte die Wolken, daß sie brüllend auseinanderstoben.

Marlen stand in der Nische und lachte.

Der Regen sauste vor ihr nieder.

Immer schneller zuckten die Blitze. Sie legte die breite Hand auf ihren Bauch. Der Herzschlag des Kindes, den sie schon spürte, und Blitz und Donner: das war *ein* Schlag, *ein* Klang, das ging im gleichen Takt.

Das wird ein wilder Junge werden, ein Blitzjunge, ein Donnerbursche.

Blitz und Donner knallten und zischten ineinander. Eine schlanke Feuersäule stieg auf. Der Blitz hatte in das Haus des Senators Stollenweber eingeschlagen. Fenster sprangen auf. Geschrei. Hilferufe. Lärm in allen Gassen und das Horn des Wächters vom Turm.

Marlen lachte.

Sie ballte die Faust.

Ihr Gesindel, ihr Lumpen, ihr Pack! Es hat

bei euch eingeschlagen! Es war die strahlende Faust meines Sohnes, die auf euer morsches Gebälk niederfuhr! Er wird auf euch niederkommen wie Gottes Sohn. Er wird kein Jesus Christus sein, kein sanfter Engel, kein milder Prophet. Er wird das Licht der Liebe nicht eher entzünden, als bis er mit der Fackel des Hasses euch aus dem Bau geräuchert hat, den ihr aus unserm Schweiß, aus unserm Blut, aus unseren Leibern, aus unsrem Leben euch errichtet, und den unser Blut, unser Leben wieder niederringen muß. Ihr habt Gödeke an den Galgen gebracht, weil er den Menschen helfen wollte, zu Recht und Gerechtigkeit zu kommen. Aber der tote Gödeke wird in euern Häusern umgehen. Er wird bleich hinter eurem Stuhl stehn, wenn ihr tafelt, und er wird euch Vernichtung einschenken. Er wird euren Kindern in der Wiege die Seele vergiften mit Wolfsmilch und Rattenmilch. Eure Weiber werden mit bocksbeinigen und kalbsköpfigen Mißgeburten niederkommen, darum, daß ihr des Menschen Antlitz und Gestalt geschändet und habt aus Lämmern Wölfe und aus Eidechsen Drachen gemacht.

Ihr sollt an meinen Zwetschgen ersticken!
Der Regen sauste. Der Donner grollte nur
noch wie ein ferner Hofhund.
Zwetschgen! schrie Marlen, Zwetschgen!

Unbeweglich wie ein steinerner Nepomuk
stand der Wächter am Galgen. Die Hellebarde stach mit dem Schaft in die feuchte Erde,
mit der Spitze in den Himmel. Ein Stern
tanzte darauf wie ein Elmslicht.
Gödeke schwankte im Nachtwind.
Er hing die dritte Nacht und hatte Leben und
Sterben schon vergessen. Er war tot, wie er
einst lebendig gewesen war. Ein Rabe, der
sein linkes Auge gefressen hatte, saß auf seinem kahlen Schädel. In der leeren Augen-
höhle kroch ein brünstiger Glühwurm. Von
Hamburg herüber schlug es zwölf Uhr. Von
zwölf Kirchen hintereinander. Der Wächter
zählte bis hundert, da war er im Stehen fest
eingeschlafen.
Er schreckte auf.
Was war das für ein verdächtiges Geräusch?
Er fällte die Hellebarde.
Wer da?
Marlen legte ihm von hinten die Hände über
die Augen.
Rate, mit wem du zu tun hast!
Der Wächter fluchte. Mit des Teufels Groß-
mutter wahrscheinlich. Verdammtes Weibsstück, laß los. Wer bist du?

Deine Freundin, sagte Marlen. Und wenn du willst, deine Geliebte.

Sie riß ihn zu sich heran, daß die Hellebarde ins Gras fiel und er nach Atem schnaufte. Als er seine Arme frei spürte, suchte er nach ihren Brüsten. Er schälte sie aus dem groben Leinenhemd wie Früchte. Sie fielen neben der Hellebarde ins Gras, das noch feucht war vom Gewitter. –

Du bist schwanger, sagte der Soldat.

Sie lagen im Gras und sahen in den Himmel, wo die Sterne verschlafen blinzelten wie sie selbst.

Ja, sagte Marlen, ich bekomme ein Kind.

Von wem? fragte der Soldat.

Von meinem Mann, sagte Marlen.

Und wer ist dein Mann? fragte der Soldat.

Marlen zeigte mit spitzem Knöchel nach oben.

Der da!

Wer da? Ich sehe niemand da oben als Sterne.

Also ist ein Stern dein Mann.

Er glänzte wie ein Stern und zog seine Bahn wie die Sonne.

Und wer ist es?

Marlen hob wieder den Finger:

Der, der da hängt.

Der Soldat richtete sich auf.

Der am Galgen, der ist dein Mann?

Ja, sagte Marlen, der Mann am Galgen ist mein Mann.

Der Soldat schüttelte den Kopf:

Da kannst du froh sein, daß du ihn los bist. Er war ein roher Patron, ein Räuber und Bandit. Er hat dich sicherlich jeden Tag geprügelt.

Marlen dachte nach:

Ja, er hat mich wohl zuweilen geprügelt. Das war so seine Art. Aber er hat mich geliebt, und ich habe ihn geliebt.

Du verstehst zu lieben, sagte der Soldat.

Und zu hassen, sagte Marlen.

Sie schwiegen.

Dem Soldaten war, als wäre ein kühler Wind über ihn hinweggestrichen. Ihn fröstelte.

Der Mann am Galgen schwankte leise. Der Rabe hatte ihn verlassen. Nur der Glühwurm leuchtete noch.

Hier in der Nähe ist ein Friedhof, sagte Marlen.

Der Soldat schwieg.

Gestern ist der Sohn des Tuchhändlers begraben worden. Das Grab ist noch nicht zugeschüttet.

Was soll das? fragte der Soldat.

Marlen fuhr fort:

Gödeke soll das Begräbnis eines ehrlichen Christenmenschen erhalten. Denn er war ein Christ wie wenige.

Vielleicht, sagte der Soldat. Auch Räuber sind zuweilen umgängliche Menschen. Ich habe mal mit einem Karten gespielt und ihm all seinen Raub abgenommen.

Hilf mir, sagte Marlen. Und sie hatte plötzlich Tränen in den Augen.

Der Soldat drehte verlegen an einem Rockzipfel.

Wie könnte ich dir helfen, ich bin hilflos wie du.

Marlen stand auf:

Wir graben den Sohn des Tuchherren aus und hängen ihn an die Stelle von Gödeke an den Galgen. Der Galgen ist hoch. Man kann von hier unten nicht unterscheiden, wer da oben im Winde hängt.

Und Gödeke graben wir ehrlich in die Erde an Stelle des Kaufmannssohnes.

Der Soldat:

Ich verlier meinen Kopf, wenn es an den Tag
kommt –

Die Nacht ist finster, es kommt nicht an den
Tag.

Sie zog ihn zu sich heran. Da spürte er ihre
Brüste.

Wie Katzen schlichen sie die hundert Schritte
zum Friedhof.

Wie schwer die Toten wiegen! sagte der
Soldat, als sie den Kaufmannssohn zum Galgen trugen. Nun: es schadet nichts, wenn
von dem Patrizierpack einmal einer hängt.
Ich wünschte noch manchen an den Galgen.
Sind hochmütig wie der Kaiser. Unsereiner
ist ja nur ein Stück Vieh für sie.

Sie setzten eine Leiter an.

Der Soldat löste Gödeke die Schlinge.

Er hielt sich die Nase zu. Alle Wetter, dein
Liebster duftet nicht schlecht.

Er ließ Gödeke die Leiter hinabgleiten.

Marlen nahm ihn zitternd in ihre Arme und
küßte seinen stinkenden Mund.

Die Schlinge wehte leicht und lustig. Marlen
sah empor.

Ach, sieh die lustige Schlinge! Wie hübsch sie
sich ringelt! Wie eine Schlange.

Sie sucht ein neues Opfer. Soldat, zeig mir doch einmal, wie man die Leute hängt. Möcht's gern wissen.

Der Soldat lachte.

So mein Täubchen, hängt man die Leute, so mein Täubchen.

Er legte sich die Schlinge kunstgerecht um den Hals.

Als er den Hals in der Schlinge hatte, stieß Marlen die Leiter um. Er zappelte noch ein wenig wie ein Frosch, zuckte ein paarmal und hing still.

Marlen sah zu ihm hinauf:

So soll es allen gehen, die Schergenknechte sind.

Ihre Brust ging schwer.

Gödeke!

Sie schleifte die Leiche zum Friedhof und begrub ihn. Den Kaufmannssohn zerrte sie bis übern Damm und warf ihn, mit einem Stein beschwert, in die Elbe.

Als um sechs Uhr früh die Ablösung der Galgenwache kam, sah sie zu ihrem Entsetzen den Wächter am Galgen hängen.

Von Gödeke ward keine Spur mehr gefunden.

Aber durch die Bürgerschaft Hamburgs ging ein Zittern.

Der Teufel ist mit den Rebellen im Bunde! wisperte der Erzpriester von Sankt Georgen und legte diese Worte seiner nächsten Sonntagspredigt zugrunde und malte ein Bild des Teufels, daß die christliche Gemeinde schaudernd in den Mittag auseinanderging und sie sich in der grellen Sonne voreinander fürchteten.

Einige Tage darauf warf Marlen wie eine Hündin in einer Nische der Nikolaikirche einen Knaben, der später Störtebecker genannt wurde.

Vertrunken und versunken saß ein junger
Gelehrter vor seinem Schoppen Wein. Zu-
weilen nahm er den Doktorhut herab und
wischte sich den Schweiß von der Stirn.
Störtebecker trank ihm zu:
Euer Wohl!
Der Gelehrte sah ihn durch seine schwarze
Hornbrille mißtrauisch an und dankte mür-
risch.
Woher des Weges? fuhr Störtebecker unbe-
irrt fort.
Der andere schwieg.
Er hob den Pokal ans Licht:
Wie klar dieser Wein! Wie golden! Flüssige
Sonne. Wenn es einen Menschen gäbe, der so
klar wäre wie dieser Wein. Aber vermanscht
sind sie alle, unausgegoren, trübe, zu bitter
oder zu süß. Essig oder Most. Euer Wohl! Ihr
seid ein Kriegsmann?
Störtebecker:
Etwas Ähnliches, Herr. Ein Kämpfer.
Und was bekämpft Ihr?
Die Dummheit, den Hochmut, die Nieder-
tracht.
Des andern Augen hinter den Brillengläsern
funkelten. Ihr seid mein Mann. Ich wüßte

16

Euch einen würdigen Feind. Er dämpfte die
Stimme:
Ich komme aus Rom.
Störtebecker lauschte.
Dort herrscht die Trinität, die Ihr eben an-
führtet, unbeschränkt.
Störtebecker:
Kommt mit zum Thing. Sprecht zu den Frie-
sen! Ihr seid der Unsere!

Der Thing fand auf einer Lichtung bei Bremen statt. Der Fremde erhob seine Stimme und sprach:

Zwei Metzen namens Theodora und Varozzia regieren. Sie setzen Bischöfe ein und ab und erheben zum Papst, wen sie wollen. Pfründe, Dispense, Absolutionen, Urteile: alles ist käuflich. Die Justiz ist eine Dirne geworden, der längst die Binde von den Augen fiel. Der Papst liest die heilige Messe, ohne zu kommunizieren, und ein siebenjähriges Kind, das mit dem Bischofshut wie mit einer Karnevalsmütze spielt, wurde zum Bischof geweiht. Wer weiß, wer der rechte Papst ist? Benedikt heißt der eine: der Gesegnete: er ist mit der Franzosenkrankheit gesegnet. Innozenz, der Unschuldige, heißt der zweite. Er ist unschuldig wie eine Landsknechthure. Damit sie ihr gottverfluchtes Leben leben können, pressen sie die Christgläubigen mit Abgaben und Steuern. Zieht nicht auch bei euch in den Katen und Dünen der Pfaff mit dem Klingelbeutel herum und fordert den Zehnten, indem er sich auf Gottes Wort und die Bibel beruft? Werft ihm die Bibel an den Kopf. Was braucht ihr die Bibel, wenn sie zuläßt, daß solchen Ungeistes Kinder sich auf sie berufen? Als ihr die Bibel noch nicht hattet, Friesen, da tönte Gottes Wort euch milder und reiner im Sausen der Winde, im Sturm der See. Kein häßlicher Gott, der gewunden am Kreuze hing, mit verzerrten Gliedmaßen, drückte euch. Freia, die Göttin der Schönheit, kam auf einem Delphin über das Meer geschwommen und segnete euch! Wehr- und hilflos ließ sich der Christ ans Kreuz nagelln, desgleichen verlangen die heuchlerischen Pfaffen von euch. Sie wollen euch ans Kreuz von tausend Verträgen und Edikten nagelln, um euch besser und sicherer schröpfen zu können. Meint ihr, daß es beim Zehnten bleibt? Den Dritten, die Hälfte werden sie fordern, und eure Weiber und Töchter werden sie im Beichtstuhl verderben mit römischem Laster und gallischer Sünde. Noch lebt Wodan, der Schlachtengott! Noch lebt Thor! Er schwingt den Streithammer und wird zerschmettern, die sich gegen ihn stellen. Nieder mit den Pfaffen! Nieder mit Rom! Wir wollen freie Friesen sein!

Frei ist der Mensch! Frei ist die See!

Die Gesichter der Friesen flackerten erregt
wie rote Fackeln. Sie klirrten mit den Sensen,
Messern, Keulen aneinander:
Frei ist der Mensch! Frei ist die See!
Der Doktor aber fuhr fort:
Nun aber haben die Pfaffen eine Einrichtung
erfunden, die würdig wäre der Erfindung des
obersten, blutgierigsten Teufels.
Die Inquisition! riefen einige.
Ja: es ist die Inquisition, das grauenvollste
Marterinstrument, das eines Menschen Hirn
ersonnen! Wer nicht ihres rechten Glaubens
ist, wie sie ihn verstehen, den spannen sie auf
die Folter, hacken ihm die Hände oder Füße
ab, legen ihm Daumenschrauben an, reißen
ihm die Zunge mit glühendem Eisen aus
dem Maul, schneiden ihm lebendigen Leibes
das Herz aus der Brust. Einem Ketzer darf
man kein Almosen spenden. Das Haus, darin
man ihn findet, muß niedergebrochen werden. Verbrecher, Meineidige, Ehrlose dürfen
wider ihn zeugen. Die gegenseitige Spitzelei
und Denunziation wird den Christen zur
Pflicht gemacht. Warum denn dies alles, meine Brüder?
Ich will es euch sagen: aus christlicher Näch-

stenliebe tun sie das alles ihren Mitmenschen und Mitkreaturen an.

Das Gebrüll der Friesen erschütterte die Luft. Sie schrien wie Tiere in der Brunft und röhrten wie Hirsche.

Der Papst, der solches zum Gesetz erhob, er ist der in der Offenbarung Johannis beschriebene Antichrist. Es sind Albigenser und Waldenser zu euch gekommen, sie haben euch berichtet, wie das Schwert der Pfaffen bei ihnen gehaust. Wahrlich: der Boden Frankreichs ist rot vom Blut der Gerechten. Kein Korn wird auf ihm mehr wachsen, nur Rade und Mohn. Es ist genug und übergenug des Mordens. Wir wollen der reißenden Wölfe Herr werden. Ich sage euch mit Paulus: Leget die Rüstung Gottes an, daß ihr an bösen Tagen Widerstand leisten und, in allem unbesiegt, das Feld behaupten möget.

In die Lichtung setzte plötzlich mit einem Galoppsprung der Bischof von Bremen, der sich auf der Jagd befand, bei ihm ein Knecht. Ehe er wußte, wie ihm geschah, war er von den Friesen eingeschlossen. Schweigend standen sie um ihn herum, die Äxte, Sensen, Messer funkelten in ihren Händen.

Herunter vom Pferd! schrie Störtebecker.

Der Bischof gehorchte.

Störtebecker gab dem Pferd einen Schlag mit der Hand. Es lief ein paar Schritte und begann ruhig zu äsen.

Ihr seid der Bischof Ortleb von Bremen?

Ich bin's, der Bischof neigte das Haupt.

Ihr habt Euch als Inquisitor des Papstes in Rom bestellen lassen?

Der Bischof nickte schweigend mit dem Kopf.

Durch die Friesen ging ein Murren.

Ihr laßt von den Bauern durch Eure Pfaffen den Zehnten eintreiben. Wer gab Euch ein Recht dazu?

Das Gesetz. Ich gab den Bauern das Land, sie haben mir dafür zu zahlen und zu steuern.

Ei, sieh da: Ihr gabt den Bauern das Land? Warum? Weil Ihr dazumal Kriegsknechte brauchtet. Habt Ihr auch das Land gesehen, das Ihr den Bauern gabt? Sand, öder Sand war das Land, auf dem nur die Stranddistel wucherte. Die See kam alle Augenblicke und schluckte ein, was monatelange Arbeit dem Boden abgerungen. Jahrzehntelang haben die Friesen geschuftet und gewerkt, haben

Dünen gebaut und Straßen gebaut, von denen auch Ihr Nutzen habt. Und nun, da die Arbeit ihre Früchte zu tragen beginnt: nun seid Ihr plötzlich zur Stelle, neidisch und hoffärtig, und wollt ernten, wo sie gesät haben.

Der Bischof schwieg.

Nie werdet Ihr von uns auch nur einen Pfennig erhalten.

Die Friesen schrien: Nie! nie! nie!

Der Bischof erhob seine Stimme. Er sprach sehr leise, aber er knirschte mit den Zähnen.

Ich werde die Reichsexekution gegen euch beantragen.

Die Woge ging hoch. Störtebecker hatte Mühe, sie zu besänftigen.

Herr Bischof: Ist es wahr, was uns berichtet wurde: daß Ihr unserem Bruder Hinrichsen das Bußhemd angezogen, daß Ihr ihn mit dem Strauchbesen habt geißeln lassen, daß Ihr ihn bei lebendigem Leibe habt die Gedärme aus dem Leibe wringen und winden lassen – als einen Ketzer und widerspenstigen Rebellen?

Der Bischof war leichenblaß geworden. Er schwieg.

Es ist wahr, schrie Störtebecker, denn – und seine Stimme schlug über, und Tränen traten ihm in die Augen – ich habe es mit eigenen Augen ansehen müssen. Ihr seid des gleichen Schicksals tausend- und abertausendmal schuldig.

Schuldig, schuldig, schuldig, gab das Echo der Friesen.

Der Bischof fiel winselnd in die Knie. Er jaulte wie ein junger Hund.

Schont meines Lebens!

Ihr werdet uns sogleich einen Ablaß erteilen von dreihundertfünfundsechzig Tagen und Ablaß von allem, was wir euch noch antun werden. Segne uns mit dem kirchlichen Segen, oder wir tun dir das an, was du so vielen angetan.

Der Inquisitor wimmerte. Er breitete die dürren Arme: Ich segne euch!

Tritt an diesen Stein. Es ist der Opferstein Wodans, bete zu Wodan! Du bist ein Friese aus dem Geschlecht der Stadinger! Du hast deinen friesischen Gott verraten um den römischen Gott. Knie nieder. Bete zu Wodan!

Der Bischof blieb stehen. Er rührte sich nicht.

Da sprangen von hinten einige und stießen
ihn, daß er mit dem Kopf auf den Stein
schlug. Andere schichteten aus Reisig und
kleinen Holzstämmen einen Scheiterhaufen.
Sie banden den Ohnmächtigen an einen jun-
gen Birkenstamm, die Arme gebreitet, daß er
stand wie der Gekreuzigte. Dann zündeten
sie die Flamme an. Es war Dämmerung geworden. Die Flamme schlug in die Nacht.
Sie standen, Hand in Hand verschlungen, im
Kreis um den Scheiterhaufen und sangen:

> Flamme empor!
> Frei ist der Friese geboren!
> Mensch ist zum Menschen erkoren.
> Sünder in Sünde verloren,
> Segne uns, Thor!

Sie lagen in der Heide.

Hummeln und Wespen brummten um die violetten Blüten des Heidekrautes.

Calluna vulgaris, sagte Binswanger und bog einen Büschel Blüten zu sich heran. Er schnüffelte wie ein Hund. Er erinnerte sich seiner botanischen Studien auf der hohen Schule von Helmstedt. Niedrige, verästelte und sehr gesellig wachsende Sträucher mit anliegenden, fast schuppenförmigen Blättern, Winkel- oder an kurzen Zweigen endständigen Blüten, deren Kelch länger als die Blumenkrone ist, und vierfächeriger Kapsel.

Da weißt du was Rechtes.

Anke blinzelte wie ein träger Vogel, der ein heißes Sandbad nimmt, in die Sonne. Die andern lagen da und dort: die grünen, roten, gelben Wämse hoben sich aus der graugrünen Fläche wie riesige Blumen. Störtebecker lag auf einem Heidegrab und sah auf sie hernieder. Die Köpfe hatten sie tief im Heidekraut vergraben.

Ihr seht wie Geköpfte aus. Fühlt mal an euren Hals, ob ihr euren Kopf noch habt.

Töllessen in seinem roten Wams warf sich mit einem Ruck herum.

Sei so gut, ja.

Brandes lag auf dem Bauch, fraß Erde, spuckte sie wieder aus.

Binswanger: Ich brauch' die Erde gar nicht erst in den Mund zu nehmen: ich weiß, daß sie stark quarzhaltig ist. Ich weiß. Es kommt auf das Wissen an.

Brandes rollte sich wie eine schlecht geteerte Tonne zu ihm heran. Er stank. Er zog sein Messer und setzte es ihm an den zarten mädchenhaften Hals:

Darauf kommt es an. Auf das Können.

Ohne daß die andern es bemerkten, war Anke wie eine braune Eidechse zu Störtebecker auf den Hügel geschlichen. Er riß sie an ihren Zöpfen zu sich heran.

Sie lagen stumm.

Die Sonne brannte.

Die Hummeln und Bienen sangen.

Hier unten liegt ein Toter, sagte Anke, und wir lieben uns.

Ja, sagte Störtebecker, darauf kommt es an: auf das Sein.

Sein oder Nichtsein, das ist mir gleich, wenn ich nur mit dir bin, wenn du bist, und wenn ich mit dir nicht bin, wenn du nicht bist.

Sie schwiegen und versanken im Heidekraut.

Störtebecker spielte mit einem Zweig.

Die Leute machen Besen aus diesen Zweigen und Ästen. Ich werde mir einen sauberen Besen in dieser Heide schneiden und das feiste Gesindel in Hamburg aus den Toren herauspeitschen.

Anke glühte:

Ja, das wirst du tun! Peitsche sie! Peitsche sie! Du mußt sie nackt aus der Stadt herauspeitschen: die zarten Herrchen und die feinen Fräulein, die so viel Kinder vor der Zeit aus ihrem Leibe trieben, daß sie keine Brüste mehr haben, nur Lappen, und die wie Säue alle vierzehn Tage bluten. Komm, ich helfe dir den Besen schneiden!

Sie strich sich das Haar aus der Stirn und warf die Zöpfe über die Schulter. Dann sprang sie auf.

Die Sonne schwebte dicht über dem Horizont. Der Heidenebel stieg, und sie sah wie eine rote Laterne aus.

Störtebecker hörte ein Knurren aus der Kute unterhalb seines Hügels.

Ein Wolf! sagte Töllessen.

Sie umstellten die Kute.

Da brach das Tier auch schon aus dem Gehölz, sprang Binswanger mit einem mächtigen Satz an, daß er umfiel, und war in der Heide verschwunden.

Lupus in fabula, sagte Binswanger.

Anke lachte, daß ihr die Tränen herunterliefen.

Störtebecker lächelte:

Ein Schäferhund! Da können die Schafe nicht allzuweit sein, zu deren Schur wir bestellt sind. Vorwärts!

Die Lichter von Lüneburg glänzten durch die Nacht.

Ich freue mich, mal wieder ein Wasser zu sehen, und wenn's auch die Ilmenau ist, grinste Töllessen.

Wie ist das mit dem Lüneburger Silberschatz, Klaus? Anke hängte sich an ihn wie ein Schwertgehenk. Sind auch Ketten darunter, um den Hals zu tragen?

Störtebecker brummte:

Halt dein Maul. Du bist schön genug, so wie du bist. Ja: es sind auch Ketten unter dem Silberschatz. Und wir tun gut, uns vorzusehn, daß man uns nicht darein schlägt, in diese Ketten, die wir zerbrechen wollen.

Brandes fluchte:
Ich habe einen gottverdammten Hunger.
Störtebecker:
Wart bis Lüneburg. Kannst dich an Lüneburger Brinken satt fressen.

Waldemar ließ sich mit kleinem Gefolge in mehreren Handschlitten über das Eis fahren. Die Ostwinde pfiffen. Sein rissiges Gesicht lief blau an.

Er schrie schon von weitem:

Wo ist der Hauptmann?

Störtebecker trat an die Reling des eingefrorenen Schiffes:

Was wünscht Ihr, Herr?

Seid Ihr's, Herr?

Der Hauptmann? Ich bin's.

Waldemar sprang aus dem Schlitten und schnaufte aufgeregt. Er warf die Arme nach oben wie eine Eidergans vorm Aufstieg die Flügel.

Ich biete Euch ein Bündnis, Herr, gegen die lübischen und hanseatischen Lumpen. Eine Konföderation haben sie gegen mich geschlossen. Sollte man's glauben. Und das heilige Köln, sancta Colonia, muß natürlich auch dabei sein. Sanctae romanae ecclesiae fidelis filia. Ich habe meinen Schreiber und Notar mitgebracht. Gehen wir an die Festsetzung der Statuten: Punkt eins, zwei, drei.

Ein klapperndes Männchen kroch aus dem zweiten Schlitten.

Störtebecker lachte:

Wer seid Ihr denn, Herr? Verzeiht meine neugierige Frage.

Waldemars blaues Gesicht wandelte sich stolz wieder ins Rosige. Er nahm seine Pelzkappe ab, unter der sein Kopf trotz der grimmigen Kälte schwitzte. Er schwieg, aber unvermutet schrie er plötzlich:

Waldemar! Ich bin König Waldemar!

Matrosen ließen ein Fallreep vom Reling.

Er kroch mühselig daran empor wie ein dikker Käfer. Der Notar hinter ihm: eine zierliche Spinne.

Kaum oben angelangt, schrie der König grob: Was soll nun werden? He?

Ihr seid mit Euren Schiffen und Euren Gedanken eingefroren?

Störtebecker wies ihm den Weg in die geheizte Kajüte:

Trinkt erst mal einen heißen Grog, Herr. Werden uns schon einigen, Herr. Weil wir nämlich müssen, Herr. Mit Eurer Königlichen Majestät Autorität ist das so eine Sache. Wollen uns nichts vormachen. Auf den Straßen von Kopenhagen laufen die Kinder Euch nach: verzeiht: wie einem Jahrmarktsgaukler.

Der dicke König sah sich hilflos um. Er fiel wie eine Qualle, die zur Ebbe auf Strand geriet, in sich zusammen.

Wer ist daran schuld? Ganz plötzlich schoß er wieder diese Worte heraus, wie Bolzen von der Armbrust. Ich will Euch sagen: Der Papist. Der Bischof von Roskilde. Predigt im Dom wider mich, der ich ein christlicher Fürst bin, daß es eine Schande ist. Beuge ich das Recht – wie er? Martere ich Menschen – wie die Inquisition? Tue ich Unrecht? Hure ich? Ich fresse und saufe gern. Ist das unchristlich?

Er hob sein Glas und goß es hinunter.

Störtebecker winkte.

Man trug zum Essen auf. Kiebitzeier, gebratene Enten. Einen Schweinskopf in Himbeersauce. Dem König lief das Fett zu den Mundwinkeln heraus.

Der kleine Schreiber krähte fröhlich.

Störtebecker geleitete den König an das Fallreep, der sich vor Aufregung in den Seilen verhaspelte.

Auf dem Eise angekommen, schrie er noch nach oben, die Hände hohl an den Mund gelegt:

Nichts für ungut!
Die Schlitten glitten über die Watten.
Schnee fiel.
In einer Schneewolke war der König verschwunden.
Störtebecker wandte sich.
Er ging in seine Kajüte.
Sein gefurchtes Gesicht fiel schwer auf die Tischkante.
Anke fand ihn so.
Klaus?
Er antwortete nicht.
Leise verließ sie ihn wieder.

Der weiße Pilger sprach:

Kennt Ihr den Edelmann Rosenkreuz?

Störtebecker machte eine abwehrende Handbewegung.

Ich kenne keinen Edelmann Rosenkreuz. Möchte ihn auch nicht kennenlernen. Hab' keine Sehnsucht nach Edelleuten. Wird wohl ein Jud sein, der Edelmann.

Der Pilger sprach leise und vorsichtig wie zu sich selbst, als wolle er sich selber besänftigen:

Was habt Ihr gegen die Edelleute und gegen die Juden?

Die Edelleute sind Straßenräuber und Raubritter. Sie fallen Euch draußen vor den Toren an, wenn Ihr kein Schwert habt, Euch ihrer zu wehren. Und die Juden betrügen und berauben Euch, wenn Ihr in den Städten seid, kein Geld mehr habt, eine goldene Kette oder ein samtenes gesticktes Wams versetzen müßt.

Der Pilger sprach leise:

Überlegt, ob das nicht Eure Schuld ist, wenn man Euch überfällt und betrügt. Wozu geht Ihr vor die Stadt mit Edelsteinen im Beutel und ein Schwert an der Seite? Warum besitzt

Ihr eine goldene Kette, wenn Ihr sie nicht entbehren könnt? Man besitzt nur das, was man entbehren kann. Man lebt nur im Angesicht des Todes.

Herrgott, schrie Störtebecker, gibt es keine Gerechtigkeit!

Doch, sänftigte der weiße Pilger, doch, und sein blaues Auge strahlte: aber es ist nicht Eure Gerechtigkeit. Seht nur auf Euch und tut nur das Eure. Was die andern tun, was kümmert's Euch? Habt Ihr ein Recht, von irgend jemand etwas zu fordern: im Guten oder Bösen?

Ich will den Menschen helfen!

Helfen! Helfen! Der weiße Pilger warf das Wort wie ein Echo zurück. Das Wort ist sehr groß, das du sprichst. Vielleicht kannst du ihnen gar nicht helfen. Vielleicht ist die Kunst, die du gelernt, von der Art wie die Kunst des Drachentötens, die jemand vier Jahre lernte. Und als er ausgelernt hatte, da fand er keine Gelegenheit, sie anzuwenden. Denn es gab keine Drachen. Und in seiner Wut, daß es keine Drachen gab, begann er Menschen zu töten. Vielleicht seid Ihr von dieser Art?

Störtebecker stöhnte.

Ja, ich bin ausgezogen, den Drachen zu töten. Aber er hat mich angeblasen mit Feuer und Schwefel, daß ich schier betäubt wurde.

Und Ihr habt Menschen getötet?

Sie haben den Drachen geschützt.

Und was habt Ihr gewonnen?

Haß, Haß, Haß – gegen Sie – und gegen mich.

Störtebecker verbarg seinen buschigen Kopf in zuckende Hände.

Vom Haß bis zur Liebe ist der Weg nicht weit.

Der Pilger strich Störtebecker ganz leise über den Hinterkopf. Dem war, als ob ein Vogelflügel ihn berühre.

Als er aufsah, war der weiße Pilger verschwunden.

Er saß in seiner Kammer am offenen Fenster und sah einem Kranichzug nach, der über die Stadt strich.

Da hörte er dumpfe Schritte die Treppe herauftappen, die vor seiner Tür haltmachten.

Blitzschnell drehte er sich herum, zog sein Dolchmesser und stellte sich hinter die Tür, die nach innen aufging.

Er lachte und warf sein Messer zu Boden.

Töllessen – Bruder – wie hast du mich ausfindig gemacht?

Töllessen standen die Tränen in den Augen wie einem dreizehnjährigen Mädchen, das nach langer Trennung die Mutter wiedersieht.

Störtebecker schüttelte ihn wie ein Bündel Kleider.

Komm, wir gehen in die Schenkstube. Eine Flasche Malvasier soll uns nicht zu schlecht sein für dieses Wiedersehen.

Töllessen schüttelte den Kopf.

Laß, Kapitän. Ich habe mit dir zu sprechen. Ernsthaft zu sprechen.

Störtebecker warf sich auf seine Matratze.

Töllessen stand jetzt am Fenster. Die Kraniche waren nur wie Punkte noch zu sehen.

Störtebecker: Sprich, Hans.

Klaus, Töllessen würgte, Klaus, du darfst uns nicht verlassen.

Er fiel vor ihm in die Knie.

Die Schweißhunde sind uns auf den Fersen. Ihr Gebell tönt immer rauher. Und das Triumphgeschrei der Jäger schallt zu uns: Sie haben keinen Führer mehr. Störtebecker ist geflohen. Er hat sie im Stich gelassen.

Störtebecker schloß die Augen. Er sprach ganz leise. Es klang, wie eine Hummel summt:

Hans, du weißt, weshalb ich von euch ging. Die Schlacht gegen die Seehunde kann ich nicht vergessen. Ich habe ehrlich gekämpft: Mann gegen Mann: ich habe niemand den Dolch in den Nacken gestoßen, der mir nicht das gleiche getan hätte, wenn ich nicht flinker war als er. Aber jene Schlacht, jenes Schlachten wehrloser Tiere: ich kann es nicht vergessen, Hans!

Wir hatten acht Wochen kein Gefecht gehabt, Klaus: da kam es über uns. Ich begreife es heute nicht mehr. Mir selbst möchte ich ins Gesicht speien dafür. Glaub mir, Klaus. Verzeih uns! Verzeih mir! Die Mannschaft läßt dich um Vergebung bitten. Wir sind verloren, wenn du uns nicht hilfst. Brandes ist verwirrt und weiß nicht, was er tun soll. Er kreuzt unruhig mit einer Galeone und sechs Karavellen vor Jütland. Wir haben an der Galeone eine neue Galeonsfigur angebracht, Klaus. Der Widderkopf ist uns in einem Gefecht mit den Dänen abgeschossen worden. Der Widder abgeschossen? Ein böses Zeichen.

Störtebecker hielt noch immer die Augen geschlossen.

Claudius hat eine neue Galeonsfigur geschnitzt: aus einem Stück Fockenmast von einer dänischen Brigg: deinen Kopf, Klaus. Du bist immer bei uns gewesen, Klaus.

Wenn ihr meinen Kopf habt, was braucht ihr da den ganzen Leib? Laßt's euch genügen an dem, was ihr habt.

Klaus: es geht ein Gerücht –

Es gehen viele Gerüchte –

Du habest dich zu unsern Feinden geschlagen.

Er schwieg und sah durch die Wimpern wie durch einen Schleier zu Störtebecker.

Störtebecker öffnete die Augen weit.

Er setzte sich auf den Bettrand und lachte.

Eine sonderbare Methode habt ihr, meine Kameradschaft wiederzugewinnen.

Töllessen: Ich will dir den Grund des Gerüchtes sagen: Sita, die Tochter des Senators Stollenweber, unseres erbittertsten Feindes –

Was ist mit ihr?

Sie ist auf dem Orlogschiff der Hamburger Flotte, die gegen uns ausgeschickt ist. Ja, man sagt, sie, das Weib, führe den Oberbefehl über die Flotte der Hansa. Es ist ein albernes, ein kindisches Gerücht, aber ich erzähle es dir, Klaus, weil es dich interessieren könnte –

Töllessen lauerte.

Störtebecker war mit einem Schritt neben ihm am Fenster. Der Kranichzug war verschwunden. Die Dämmerung stieg wie Nebel aus den Straßen. Er dachte laut: Sie sucht mich.

Sie soll mich nicht umsonst suchen. Dann zu Töllessen: Ich bin der eure, Hans. Topp. Führe mich zu den Meinen.

Töllessen glänzte speckig vor Freude.

Ein Boot wartet an der Außenelbe. Komm, Kapitän.

Die Brigg drehte bei.

Mit singenden Segeln schoß die feindliche Fregatte auf das Admiralsschiff der Likedeeler zu und rammte es seitwärts.

Enterhaken krallten sich wie Geier ins Strauchwerk der Taue.

Kleine Schiffsbrücken sprangen wie böse Hunde von einem zum andern Schiff und bissen sich in den hölzernen Bohlen fest.

Einen Morgenstern in der zarten Faust, sprang Sita als erste auf das Admiralsschiff. Aus dem eisernen Helm rann das blonde Haar in Strähnen und Strömen.

Die Brust tanzte unter dem Panzer.

Am Mastbaum stand Störtebecker, den Degen in der rechten, die rote Fahne in der linken Hand.

Vom Hals tropfte über das schwarze Halstuch Blut.

Sita schrie:

Likedeeler! Likedeeler! Ihr Gleichmacher! Der Tod wird euch alle gleichmachen! Und wird es gleich machen! Ihr Stromer! Vom Strom des Lebens rettungslos in das wüste Meer getrieben! Ihr Stürmer! mit denen der Sturm spielt! Mors wird euch Mores lehren!

Du wirst nicht mehr den Becher stürzen, Becherstürzer, Störtebecker, und das Blut deiner Feinde saufen, du Blutsäufer! Wo ist dein riesiger goldener Pokal? Ich will dein Blut auffangen und in der Marienkirche in Hamburg zum entsetzlichen Gedächtnis aufstellen, daß Zehntausende das Kreuz davor schlagen, wenn der Teufel es wieder zum Wallen bringt.

Dröhnend lachte Störtebecker:

Mädchen, Mädchen! Jungfrau oder Hure: wer du seist: Dieses Blut ist unsterblich! Ewig wird es in den Venen der Menschheit rasen. Es ist das Blut, das Luzifer den Engeln abzapfte, ehe er sich von ihnen wandte. Und solch ein Engel scheinst auch du zu sein, du Blasse, Bleichsüchtige! Es ist das Blut des Gottestrotzes, es rann in Prometheus' Adern, als er den Göttern das Feuer stahl, um es den Menschen zu bringen. Es ist das Blut, mit dem meine rote Fahne getränkt ist: denn diese Fahne habe ich getränkt mit dem Blut meiner Brüder, die gefallen sind, damit auferstehe eine ehrliche, kühne, wahre Menschheit. Ich komme als Hüterin des heiligen weißen Grals –

Der Gral: das ist der Goldschatz der reichen Hamburger, erpreßt aus dem Blut der dienenden Sklaven und Knechte. Ihr schreit Gral und Gott: und meint Gold und Prozente.

Da hob sie die Keule und schlug sie ihm auf die Stirn, daß er zusammenklappte. Aber im Fallen noch stieß er ihr den Degen von unten in die Brust.

Sie sanken wie in einer Umarmung zusammen.

Ihr Helm kollerte über das Deck. Blond rann ihr Haar in sein schwarzes. Und beider Blut floß ineinander.

Als Störtebecker erwachte, schrie er:

Wo ist das Mädchen?

Er konnte seine Augen nur halb öffnen, so waren sie von Schweiß und Blut verklebt.

Klaus Toelen, der Wundarzt, saß bei ihm.

Ihr habt ihr nur zwischen zwei Rippen zart die Lunge gekitzelt. Sie lebt. Sie liegt in der Kajüte nebenan. Anke Hansen ist bei ihr.

Störtebecker schloß die Augen.

Das Schiff ging auf und nieder.

Und ihm schien, als schritte auf den Wogen des Meeres jenes Mädchen in einem weißen

Hemd, in der Linken eine weiße Fahne, in der Rechten eine Lilie.

Die Augen noch geschlossen, verzog er grinsend das Gesicht.

Der Teufel. Der Gott. Was für alberne Gesichter zaubert mir das Fieber. Jenes Mädchen schlägt mir mit einem sauberen handfesten Morgenstern fast den Schädel ein, und ich sehe auf einmal eine Blume in ihrer Hand. Vielleicht habe ich ihr gar nicht mit meinem Degen eins ausgewischt, sondern mit einem Fliegenwedel eine spanische Fliege von ihrer zarten Brust verscheucht. Hat man ihr das Panzerhemd abgenommen? Ich habe Sehnsucht, diese Brust, die mein Degen gespalten, mit meiner Hand wieder zusammenzufügen.

Klaus Toelen lächelte:

Es fehlte noch, daß Ihr Euch in die Amazone vergafftet.

Bockemühl trat durch die Kabinentür.

Ich bin dafür, sie an ihren blonden Strähnen am Mastbaum aufzuhängen. Weib hin, Weib her, sie ist unser Feind.

Toelen zupfte an seinem gelben Spitzbart.

Wir haben ein gutes Pfand an ihr. Sie ist die

Tochter des Senators Stollenweber in Hamburg. Hamburg wird einige Tonnen Dukaten springen lassen, wenn wir sie ihm heil wieder zuschicken.

Bockemühl brummte:

Damit uns nach fünf Wochen wieder eine Laus im Pelz sitzt? Sie ist ein verdammtes Weibsstück. Ich habe allen Respekt vor ihr, und gerade darum will ich sie aufhängen. Irgend eine gleichgültige Hure könnte man laufen lassen.

Störtebecker versuchte, die Augen ganz aufzureißen.

Er hatte eine Binde um den Schädel und um den Hals.

Er erhob sich, Toelen stützte ihn.

Er stapfte einige Schritte. Strauchelte und fiel an die Tür.

Griff wie Simson nach links und nach rechts an die Pfosten.

Und stampfte und schwankte bis in die Nebenkajüte.

Anke saß am Fußende und spielte mit Sitas Füßen.

Sie küßte ihre Zehen, einen nach dem andern.

Sie gab ihnen Namen: nannte die große Zehe
Grete, die kleine Anna und so fort und sagte:
Ich liebe Grete, ich liebe Anna, ich liebe alle,
alle.
Ich liebe die große Zehe, ich liebe die kleine
Zehe. Ich liebe alle Zehen.
Ich liebe Klaus Toelen. Ich liebe Bockemühl.
Ich liebe Störtebecker –
Störtebecker stand im Türrahmen.
Das Schiff schwankte.
Er hielt sich links und rechts am Holz fest.
Anke Hansen schwieg.
Sie ließ die Füße Sitas fahren.
Sita schlief.
Ruhig atmeten unter dem groben Leinwand-
hemd, das man ihr angezogen hatte, ihre
kleinen Brüste.
Störtebecker ging ein paar Schritte vorwärts.
Geh, er versuchte seiner rauhen Stimme ei-
nen zarten Klang zu geben, geh, Anke, laß
mich allein mit dem Mädchen.
Er setzte sich auf die Pritsche und betrachtete
die Schlafende.
Er saß eine Stunde unbeweglich.
Da erwachte Sita, sah ihn groß an, schloß die
Augen und schlief weiter.

Er räusperte sich.

Sie erwachte.

Warum laßt Ihr mich nicht schlafen? Es ist mein einziges Gut. Ich kann mir vorstellen, daß ich im Sterben liege. Warum tötet Ihr mich nicht?

Störtebecker schwieg. Dann:

Bockemühl schlug vor, Euch aufzuhängen.

Sita sah ihn fragend an:

Und –? warum tut Ihr es nicht?

Störtebecker hielt ihren Blick.

Vielleicht könntet Ihr mir noch einige Dienste erweisen?

Sita lächelte:

Ich? Dienste? Wodurch? Wenn Ihr mich freiließet, wäre es mein erstes, eine neue Flotte gegen Euch auszurüsten, denn ich würde es nicht ertragen, daß mein erster Anschlag mißlang. Ihr werdet Euch wundern, wenn ich Euch ganz ruhig sage, daß ich Euch hasse. Weil Ihr die Stärke seid und ich die Schwäche. Weil Ihr ein Mann seid und ich ein Weib. Ja: darum hasse ich Euch und bin bestrebt, Euch zu vernichten.

Störtebecker:

Ihr sprecht wie ein Professor der Beredsamkeit oder Moralwissenschaft. All das ist müßig: Ihr seid in meiner Gewalt, und ich tue mit Euch, was ich will.

Zweifellos. Es wäre töricht, wenn Ihr das nicht tätet.

Störtebecker zupfte sich an seinen über der Stirn zusammengewachsenen Augenbrauen: Wieviel Lösegeld, glaubt Ihr, würde Euer Vater zahlen, wenn ich Euch ihm heimschickte?

Blut schoß in ihre blasse Stirne.

Ich weigere mich, einem solchen schimpflichen Handel als Objekt zu dienen. Er kann mit dem Gold, das Ihr verlangen würdet, eine ganze Flotte gegen Euch rüsten. Was tut's, wenn ich draufgehe? Ich habe mich in St. Nicolai dem Dienst Gottes gewidmet. Und weil Ihr der Teufel in eigener Person seid, kämpfe ich gegen Euch: mit den reinsten Waffen und dem reinsten Herzen.

Dem reinsten Herzen?

Störtebecker lachte.

Ist Euch noch nie ein Gelüst nach einem Manne gekommen? He? Zum Beispiel jetzt nach mir? Ich kann nicht leugnen, daß die zarte Brust, die unter dem rauhen Hemd so

sanft sich bewegt, mich reizt, sie zu packen und die Narbe zu küssen, die ich ihr schlug.
Sita schwieg.
Sie schlug das Kreuz über ihrer Brust.
Nun – nun –
Er grinste.
Auch wir haben unser Kreuz zu tragen. Aber wir sind keine Christen. Nein. Denn wir wollen das Kreuz, das Ihr und Euresgleichen uns auferlegt, von uns werfen und in der Johannisnacht unseres Gottes verbrennen. Ja, schrie er, und seine Stimme schlug über, ich glaube nicht an Euren schamlosen, duldenden, kriechenden Christengott: ich glaube an den heidnischen Donnergott Perkun, der seine Feinde mit seinem silbernen Blitzschwert zerschmettert. Ich glaube an Wodan. Und, schrie er, ich glaube an die Walküren. Liegt nicht leibhaftig hier eine vor mir? Wehrt Euch, soviel Ihr wollt: Ihr seid eines Blutes mit mir, seitdem auf dem Deck des Schlachtschiffes unser Blut ineinanderfloß. Vereinigt Euch mit mir, so werde ich unüberwindlich sein, und auf dem St. Nikolaiturm in Hamburg wird die rote Fahne wehen. Wir werden den Gekreuzigten von seinem Kreuz reißen,

50

mit seinem Kreuz Feuer machen, in dem Weihwasser unsere blutbefleckten Hände reinigen und an seinem Altar dem einzigen Gott opfern, dem es wert ist, ein Opfer zu bringen: dem lebendigen Leben.

Er stand mit gebogenen Knien in der Kajüte.

Das Schiff schwankte.

Die Binde um seine Stirn rötete sich mit frischem Blut.

Sita hatte sich halb aufgerichtet; sie stützte sich mit der Rechten und warf die Linke gegen ihn wie ein Pfeil:

Apage, Satanas!

Ihm wurde rot vor den Augen.

Schwindel packte ihn.

Er fiel vor ihr zusammen.

Sie setzten Störtebecker in einen eisernen Käfig und fuhren ihn im Triumph durch die Stadt.

Er saß darin wie ein Adler in der Gefangenschaft, stolz und schweigsam.

Die Kinder in den Straßen warfen Pferdedreck nach ihm, der ihm im Barte hängen blieb.

Die Frauen spien ihm ins Gesicht. Du Mörder unserer Männer! unseres Glückes!

Du Bastard eines Stinktieres und einer Hyäne! Wo ist jetzt dein Hochmut? He?

Man wird dir die Gedärme aus dem Leibe wringen und dich daran aufhängen.

Mit der Zange wird man dir das Herz aus dem Bauche zwacken und es in dein Maul hängen.

Der Käfig wurde acht Tage am Pranger der St. Nikolaikirche aufgehängt.

Es regnete unaufhörlich.

Die vom Kampf ramponierten Kleider und Stiefel wurden ihm vom Leibe geschwemmt.

Schon am fünften Tage stand er nackt im Käfig.

Seine breite braune Brust atmete dem Himmel entgegen.

In einer Nacht begann der Regen nachzu-
lassen.

Plötzlich setzte er ganz aus.

Es war eine undurchdringliche Finsternis.

Plötzlich erklang eine Stimme:

Störtebecker!

Störtebecker lauschte.

Störtebecker!

Die Stimme klang wie im Gebet.

Störtebecker gab Antwort: Wer ruft mich?

Fragt mich nicht nach dem Wer. Wer ist
wer? Was ist was? Das Dunkel ruft Euch. Die
Nacht. Ich liebe Euch.

Wer liebt mich? Ich werde nur gehaßt.

Ein Mensch liebt Euch. Wenn nur ein
Mensch Euch liebt: so seid Ihr gerettet. –

Niemand vermag mich zu retten.

Doch: Ihr selbst.

Wodurch?

Durch den Glauben.

An wen?

An mich!

Wer bist du?

Die Liebe.

Die Liebe ist ein abstractum.

Ich bin ein Mensch, der liebt.

Ihr täuscht Euch, Ihr habt Mitleid mit mir,
weil ich hier hänge in Sturm und Regen.
Ich habe kein Mitleid mit Euch. Ich kann
nicht mit Euch leiden, weil Ihr nicht leidet.
Woher wißt Ihr das?
Ich fühle es.
So müßt Ihr lieben: in der Tat.
Ja: in der Tat will ich Euch lieben. Ich will
Euch befreien.
Ihr könnt mich aus dem Käfig befreien, viel-
leicht, wenn Ihr Leiter, Feile und Hammer
habt. Aus dem Käfig meines Hirns und mei-
nes Willens befreit mich kein Mensch. –
Kein Gott?
Kein Gott und kein Teufel. –
Man setzte eine Leiter an den Stein des
Turms. Jemand kletterte empor.
Feilen. Sägen. Leises Hämmern.
Das Gitter brach.
Sita stand im Käfig.
Sie riß sich den Mantel und das Hemd vom
Leibe und warf sich nackt dem Nackten an
die Brust.
Sie sprachen kein Wort mehr.
Sie standen tief umschlungen, bis der Mor-
gen graute.

Da löste sich Sita aus seinen Armen.

Du folgst mir nicht? Ein Boot liegt an der nächsten Twiete.

Ich habe Kleider und – – –

Störtebecker schüttelte den Kopf:

Was soll's? Die Brüder sind mir erschlagen. Mein Herz schlägt nur langsam noch. Ich bin müde. Zur neuen Tat nicht mehr fähig. Es werden andere kommen, die rote Fahne aus dem Staub zu holen, in den wir Ahnungslosen selbst sie getreten.

Sie stieg die Leiter hinunter. Warf Leiter, Feile, Hammer ins Wasser.

Noch einmal wandte sie den Kopf. Um seine Stirne spielten schon die ersten Strahlen der aufsteigenden Sonne wie silberne Wellen.

Die Aufregung in der Bürgerschaft war groß, als man entdeckte, daß der Käfig Störtebeckers durchgefeilt war. Noch größer aber die Verwunderung, daß Störtebecker nicht geflohen war.

Der Henker warf ihm das rote Hemd der Mörder und Verbrecher über. Die Hände auf dem Rücken gefesselt, schritt er inmitten der Wache, die mit ihren Spießen das Volk abwehrte, ihn zu lynchen. Er schritt aufrecht und fest zum Richtplatz, obgleich er zehn Tage keinerlei Speise zu sich genommen.

Der Richtplatz war von einer schwarzen wimmelnden und murmelnden Menge erfüllt. Als er das Gerüst betrat, lastete plötzlich ein Schweigen über dem Platz. Man sah, wie er den Geistlichen zurückwies und einsam in seinem roten Hemd, über das sein roter Bart herniederwallte, im Morgenrot stand.

Er hob die Hand. Und augenblicklich trat Ruhe ein.

Ihr Menschen, er sprach langsam, ich habe euch geliebt. Ich habe euch befreien wollen von den Götzen. Vergebt mir! Denn nichts wollt' ich für mich selber. Auch jetzt bitte ich nur für meine gefangenen Kameraden. Ich will, nach der Hinrichtung, an ihnen vorbei schreiten und soweit ich komme, die sollen frei und ihrer Bande ledig sein.

Die Richter sahen einander an. Hohnlachend gab der Oberrichter Bescheid: So soll es sein! Dein letzter Wunsch sei erfüllt! –

Der Henker hieb ihm den Kopf herunter, der in den Sand rollte.

Und ohne Kopf, aufrecht, schwer stampfte Störtebecker an dreizehn seiner Kameraden vorüber. Dann fiel er der Länge lang steif um.

Ein Aufschrei zerriß die bleierne Stille, die auf dem Platz lastete.

Auf dem Balkon des Senators Stollenweber war Sita ohnmächtig zusammengebrochen.

Auf der Hallig Süderoog, auf dem höchsten Hügel oben, stand Anke, den Knaben an der Hand.

Die Wellen peitschten den Strand, und Spritzer zischten wie Schlangen bis in den Vorgarten des Hauses, über die Hecke aus blühendem Bocksdorn, wo sie wie Tautropfen an den Aurikeln und Stachelbeersträuchern hängen blieben.

Der Kastanienbaum wiegte sich wie ein ungelenker Tänzer im Sturm.

Tag für Tag hielt Anke Hansen Ausschau nach Süden und nach Norden, nach Osten und nach Westen.

Sie sprach kein Wort, auch der Knabe schwieg, die linke Hand im Nackenfell seines Lieblingsziegenbockes verkrampft.

Sie hißte am Mastbaum vorm Hause die kleine Fahne, die er am Tage ihrer Hochzeit getragen hatte.

Sie nahm ihr rotes Kopftuch und winkte über die See. Und nur die untergehende Sonne winkte zurück.

Eines Nachts fuhr sie aus dem Schlaf.

Sie hörte Geschrei, Gesang, Zinnkrüge, die aneinanderklirrten, als tränken Zecher sich zu.

Sie sprang nackt, wie sie war, aus dem Bett, aus dem Haus.

Das Meer lag still und blinzelte wie ein großes Auge.

Sie sah zum Mond empor.

Sie nahm ihre beiden Brüste in die Hände und bot sie ihm. Dann sank sie in den gelben Sand, und er neigte sich über sie wie ein Liebhaber, und seine Liebe war so glänzend und gewaltig, daß sie die Augen schließen mußte, er blendete sie, er hielt sie stark in den strahlenden Armen.

Seit dieser Nacht hielt sie keine Ausschau mehr. Sie wußte, daß er zu den Gestirnen eingegangen sei.

Eines Abends fragte der Knabe:

Wo ist der Vater?

Sie zeigte zum Mond:

Siehst du den Mann dort im Mond? Er ist's. Der Vater ist mit seinem Schiff auf den Wolken zum Mond gesegelt. Er sieht und weiß immer, was wir hier auf Erden tun und denken. Es wird der Tag kommen, da wird er uns Töllessen oder Bockemühl mit einem Boot schicken, uns an den goldenen Strand zu holen. Du, Pidder, werde wie er: Die rote

Fahne ist einmal entfaltet worden, in den Städten und auf dem Meere. Sie wird nicht mehr verschwinden. Frei soll die See sein, frei die Erde, frei der Mensch. Er hat ihnen den Weg gezeigt, und sie werden ihn nicht mehr verlieren. Einst wird auf den Türmen und Kirchen und Lagerhäusern, auf den Galeonen und Karavellen der Patrizier von Hamburg und Lübeck die rote Fahne wehen: in den Ledersesseln im Ratssaale werden Schreiner, Schlosser, Metzger, Bäcker und Schiffsknechte sitzen. Nach Jahrhunderten der Unterdrückung und Rechtlosigkeit wird ihnen ihr Recht geworden sein. Und dort, wo über dem Sessel des Bürgermeisters an der Wand das Bild des Kaisers hing, Karls IV., dem sie fronten: wird das Bild Störtebeckers hängen, deines Vaters, den sie einen Räuber schalten, weil er sich sein Recht und Gut nahm, das sie und ihre Ahnen ihm und seinesgleichen gestohlen.

Der Knabe nickte ernsthaft. Tränen standen in seinen blauen Augen.

Er hob die Hand:

Frei ist die See, frei ist die Erde, frei ist der Mensch!

KLABUND, mit bürgerlichem Namen Alfred Henschke, wurde 1890 in Cossen geboren, im gleichen Jahr
wie Tucholsky, Werfel und Hasenclever. Er wählte ein
Pseudonym, in dem sowohl «Klabautermann» als auch
«Vagabund» anklingen und das damit etwas vom
Selbstverständnis des Dichters verrät. Seine Frauen
wechselte dieser «Kettenraucher der Liebe», wie seine
Freunde ihn nannten, noch häufiger als seine Wohnor-
te. Nirgends wurde er wirklich seßhaft, auch wenn er
die meiste Zeit in München oder Berlin lebte und
schrieb: Nachdichtungen fernöstlicher Lyrik, Chan-
sons und Brettllieder für das Kabarett (die er auch
selber vortrug), über 2000 Gedichte, zahlreiche Romane und Dramen, Texte für den Film und seine bekannt
gewordene Übertragung des chinesischen Theater-
stücks «Der Kreidekreis», die später Bertolt Brecht als
Quelle für sein berühmtes Drama diente.
Das Gesamtwerk dieses Autors, der schon früh unter
Tuberkulose litt und nur 38 Jahre alt wurde, ist von
erstaunlichem Umfang und von großer Vielfalt. Als
einen «Dichter in vielen Formen und Farben, Zonen
und Zeiten» würdigte ihn Arnolt Bronnen, und Gott-
fried Benn formulierte ähnlich in seiner Totenrede auf
den langjährigen Freund: Er «suchte nach Göttern in
allem Ton». Wirklich sperrt sich das Werk Klabunds
einer eindeutigen Zuordnung. Seine Gedichte etwa ver-
binden impressionistische und expressionistische Formen, sie reichen in der Thematik vom provozierenden
Zeitgedicht bis zur stimmungshaften Liebeslyrik.
Der Erzähler Klabund leistete Bedeutendes, indem er
eine avantgardistische Romanform schuf, die lyrische
Elemente aufnimmt und zugleich durch starke Straf-

fung der Handlung und raschen Szenenwechsel an die Filmtechnik erinnert. Die Stoffe sind häufig historisch. Dem «Störtebecker» liegt als Quelle die in verschiedenen Sagen überlieferte Geschichte jenes Seeräubers zugrunde, der als Führer der «Vitalienbrüder» (auch «Likedeeler», nämlich ‹Gleichteiler› genannt) die Hanse bekämpfte und 1402 hingerichtet wurde. Klaus Störtebecker (Klabund schrieb den Namen seiner Titelfigur mit ‹ck›) ist wie seine literarischen Vorgänger Karl Moor und Götz von Berlichingen der edle Verbrecher, der antritt, die Menschen zu befreien. Das auf den «Sturm und Drang» zurückgehende Motiv wird hier mit dem expressionistischen Menschheitspathos verbunden.

Anders als die übrigen Kurzromane, von denen «Brakke» der bekannteste ist, hat Klabund den «Störtebekker» nicht in eine der Sammlungen aufgenommen, in denen er seine Romane zyklisch zusammenfaßte. Wahrscheinlich ist, daß er den Text ursprünglich in einen «Hanse-Roman» integrieren wollte, der jedoch niemals vollendet wurde. Es blieb bei dem 1926 erschienenen Druck *(Klabund: Lesebuch, Berlin),* dem unsere Ausgabe folgt.   I. P.

CIP-Titelaufnahme der Deutschen Bibliothek

Klabund:
Störtebecker: Roman / Klabund. –
Zürich: Manesse Verlag, 1988
(Manesse Bücherei; Bd. 12)
ISBN 3-7175-8122-8
NE: GT
Vw: Henschke, Alfred [Wirkl. Name] → Klabund

Buchgestaltung
Brigitte und Hans Peter Willberg, Eppstein

Copyright © 1926
by Verlag Kiepenheuer & Witsch, Köln
Copyright © 1988 für die vorliegende Ausgabe
by Manesse Verlag, Zürich
Alle Rechte vorbehalten